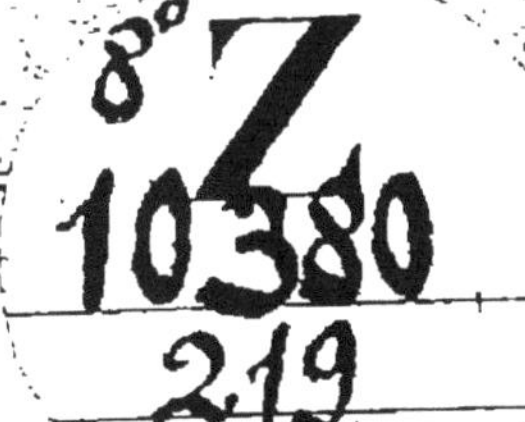
8° Z
10380
219

AF467995

LETTRE A L'AUTEUR DE LA JUSTIFICATION DE J. J. ROUSSEAU,

Dans la contestation qui lui est survenue avec M. Hume

MONSIEUR,

CETTE Lettre n'est écrite que pour vous ; & je ne l'aurois pas rendu publique, si j'avois eu un autre moyen de vous la faire parvenir. Mais je n'ai pû résister au desir de vous communiquer quelques réflexions que j'ai faites, en lisant l'écrit trop peu volumineux, qui a pour titre, *Justification de Jean-Jacques Rousseau, dans la contestation qui lui est survenue avec M. Hume*, & je risque d'autant plus volontiers la voie de l'impression, qu'elle ne peut faire de tort qu'à moi.

Je n'ai pas assez d'esprit pour que votre amour-propre dût être satisfait, que j'applaudisse à votre style, Monsieur : ainsi je n'en parlerai point. Mais, j'ai le sens assez droit, & le cœur assez bon, pour que vous puissiez être flatté de l'admiration que j'ai conçue pour votre caractère ; & j'aime à la faire éclater. Il faut avoir bien du mérite pour entreprendre la défense d'un homme que de malheureuses circonſtances ont livré à la malignité de ſes ennemis ; ſurtout, quand la ſévérité de ſa morale, l'auſtérité de ſes mœurs, & la ſupériorité de ſon génie, lui en ont fait un ſi grand nombre ; vous devez donc être ſûr de l'approbation de tous les gens de bien. Mais, permettez-moi de vous le dire, vous auriez dû, ce me ſemble, mettre votre nom à la tête de votre ouvrage. Pourquoi garder l'Anonyme ? Cette réſerve peut être différemment interprétée ; les partiſans de Jean-Jacques l'attribueront à la modeſtie ; & ſes antagoniſtes, à la timidité : car, comment pourroient-ils concevoir qu'on eût le courage de bien faire ? Vous ne deviez pas vous expoſer à la diverſité de ces jugemens. D'ailleurs, ſi vous êtes connu, votre réputation eſt bonne; j'en ai pour garant l'honorable rôle dont vous vous êtes chargé: elle auroit donc ajoûté ſon propre poids à celui de vos raiſons. Si vous êtes ignoré, vous ne pouviez attendre du temps une occaſion plus favorable pour vous faire connoître; en la ſaiſiſſant vous auriez partagé avec Jean Jacques l'eſtime que ſes plus cruels ennemis ne peuvent lui refuſer, & qui me paroit ſi bien prouvée par le dédain dont ils affectent de l'accabler. Peut-être auſſi, ne vous ſouciez-vous pas d'attirer, même à ce prix, les regards du public: j'en ſerois d'autant moins ſurpriſe, qu'à la beauté de votre procédé, je ne vous crois pas homme de lettres. Mais, ſi vous l'êtes, Monſieur, de grace nommez-vous ; & pour que nous connoissions deux hommes capables de suivre cette carriere, sans s'occuper ni à détruire à force ouverte, ni à miner sourdement, l'honneur & la tranquillité de leurs concurrens ; & pour adoucir l'amertume dont Jean-Jacques doit être pénétré, en voyant une profession qu'il honore, si généralement deshonorée. Car ne vous y trompez-pas ; votre ouvrage est déja arrivé jusqu'à lui, ou y arrivera, malgré *l'épaisseur des filets dont il est environné* : l'amitié, ou la haine, lui procurent tous les écrits dont il est le sujet.

Vous dites, Monsieur, que l'exposé de la contestation de Jean-Jacques avec M. Hume a jetté les amis du premier dans un si singulier abattement, qu'ils n'osent prendre son parti. Ceux qui vous entourent, ont très bien fait de se taire ; puisque leur silence vous a fait parler. Je conçois cependant qu'un cœur tel que le vôtre s'annonce, a dû en être tristement affecté. Pour moi, placée, à cet égard, plus avantageusement que vous, je connois plusieurs personnes, dont la probité rend les opinions précieuses ; qui pensent & disent, que la justification de Jean-Jacques est moins encore dans sa Lettre du 10 Juillet 1766, que dans l'apologie de M. Hume ; & qui ne peuvent se défendre de suspecter les lumières, ou les intentions *des têtes sages* qui lui ont conseillé de mettre au jour les pièces de son procès ; tant elles trouvent cette démarche ridicule. Quant à vous, Monsieur, vous justifiez la conduite de Jean Jacques, & vous blâmez celle de M. Hume, avec une modération, qui prouve bien que le seul intérêt de la vérité vous anime. Vous ne décidez pas que M. Hume soit coupable de trahison : mais vous affirmez que Jean-Jacques est innocent de l'ingratitude qu'on lui impute. Vous ne pouviez le servir plus à son gré, qu'en ménageant son adversaire. Il y a encore dans votre écrit, une chose dont Jean-Jacques sera bien flatté ; c'est le choix des éloges que vous lui donnez ; ils portent tous, sur la beauté, la générosité, la délicatesse, la sensibilité de son ame, l'honnêteté, la franchise, la candeur de son caractère ; & voila, j'en réponds, ce qu'il prise le plus en lui. Mais, pourquoi ces qualités lui sont-elles contestées ? Sont-ce bien elles qui lui font des jaloux ? Non, mais ses talens sont trop incontestables ; il faut bien l'attaquer du côté du cœur, qui a toujours bien moins d'occasions que l'esprit de paroître.

Je suis fâchée, Monsieur, que le louable empressement de rendre hommage à la vertu méconnue, vous ait empêché d'étendre plus loin vos observations. Vous auriez dit que l'accusation dont Jean-Jacques charge M. D... quoiqu'elle soit injuste, doit paroître bien excusable.

1°. Jean-Jacques a cru reconnoître le style de ce célébre Ecrivain, dans la Lettre qu'on osa produire sous le nom du Roi de Prusse; & il faut convenir que, pour un homme tel que Jean-Jacques, cette présomption a la force d'une preuve. Or cette raison de croire que M. D.... étoit l'Auteur de cette Lettre, n'étoit balancée par aucune raison d'en douter, à moins qu'elle ne fût prise dans le caractère de M. D.... chose très problématique pour le public, qui ne le connoit que par ses ouvrages; puisqu'on se croit en droit de diffamer Jean-Jacques, malgré les siens. C'est donc un point du procès sur lequel tous ceux qui ne vivent pas intimement avec M. D.... doivent juger Jean-Jacques avec la plus grande circonspection.

2°. Cette accuſation a précédé la déclaration que M. D.... adreſſe aux éditeurs de l'*Expoſé ſuccint*, &c., puiſque c'eſt elle qui paroît y donner lieu. D'ailleurs, bien que cette déclaration ſoit ſans date, elle ne doit avoir été faite qu'après que le ſoupçon de Jean-Jacques a été divulgué par M. Hume : il n'étoit pas naturel que M. D.... allât au devant.

3°. L'Auteur de la traduction françoiſe de l'impertinente lettre de M. Walpole s'obſtine à ſe cacher ; & ce n'eſt certainement pas dans l'original Anglois que Jean-Jacques a cru connoître la plume de M. D...

4°. Enfin, il étoit tout ſimple que Jean-Jacques imaginât que M. Walpole & M. D....

étoient devenus amis, l'étant tous deux de M. Hume. Et si M. D.... n'affirmoit pas qu'il ne connoit *nullement* M. Walpole, on auroit peine à croire que M. Hume ait négligé de procurer à son Compatriote la connoissance & l'amitié d'un homme d'un aussi grand mérite que M. D.... Peut-être aussi que ce Philosophe, ne sachant pas le prix de ce qu'il refusoit, ne se sera pas prêté comme il le devoit aux avances qui lui auront été faites. En vérité, Monsieur, *je le plains sincèrement*, de n'être pas lié avec M. Walpole. L'honnête, le conséquent M. Walpole, qui s'amuse innocemment à traduire en ridicule aux yeux de l'univers, un homme *qu'il n'a jamais vu, qu'il ne veut pas voir*, (de peur sans doute de perdre l'envie de le traiter de charlatan) & qu'il ne connoit que par l'éclat de sa célébrité, le bruit des disgraces qu'il éprouve, & le titre d'ami de son ami M. Hume !

Le bienfaisant M. Walpole, qui sachant combien sa nation est facile à indisposer, lui peint ce même homme *qu'il ne connoit pas*, comme un orgueilleux forcené qui préfére les horreurs de l'indigence à l'humiliation d'être secouru par un Roi : ou comme un fourbe qui n'ayant réellement pas besoin de secours, affiche la pauvreté pour intéresser la commisération des Princes, exciter leur libéralité, & se ménager l'honneur des refus ; & cela, dans le moment où M. Walpole sait bien, que les plus critiques circonstances forcent cet homme à chercher un asyle en Angleterre, sous les auspices de son ami M. Hume !

L'intrépide M. Walpole, qui bien sûr que, quoi qu'il fasse, les remords n'approcheront jamais de son cœur, brave, avec la plus généreuse audace, l'opinion que le public prendra de sa conduite envers un infortuné *qu'il ne connoit pas*, que tous les honnêtes gens réverent & qui a été recherché de son ami M. Hume !

Enfin l'équitable M. Walpole, qui se vante d'avoir pour Jean-Jacques *le plus profond mépris, quoiqu'il ne le connoisse point*, & sans sçavoir pourquoi ! Car il n'est pas présumable qu'il méprise profondément Jean-Jacques, parce que celui-ci a trouvé sa plaisanterie mauvaise, & s'est formalisé de la foiblesse de son ami M. Hume.

Il seroit original que le clairvoyant M. Walpole eût puisé dans les ouvrages de Jean-Jacques *le profond mépris* qu'il a pour sa personne, & qu'en en indiquant la source à toute l'Europe, qui jusqu'à présent ne l'a pas vue, il sauvât Jean-Jacques du reproche d'hypocrisie, dont M. Hume & ses adhérans s'efforcent de le noircir.

Vous auriez dit, Monsieur, que M. Hume ne raisonne pas avec toute la justesse qu'on attend de lui, quand il met en question page 11 de son Exposé, *si l'orgueil extrême de Jean-Jacques est un défaut*; qu'il établit qu'en admettant l'affirmative pour laquelle il paroit ne pas pancher, ce seroît un défaut respectable; & qu'il dit 8 lignes plus bas, *qu'un noble orgueil, quoique porté à l'excès, mériteroit de l'indulgence dans Jean-Jacques Rousseau.* Donc, selon M. Hume, la même qualité, chez le même homme & dans les mêmes circonstances, peut être à la fois l'objet de l'indulgence & du respect. C'est dommage que cet endroit péche contre la Logique: car il me semble être, à d'autres égards, le mieux frappé de tout l'Exposé.

Vous auriez dit, Monsieur, qu'il n'y a point d'ame délicate qui ne soit blessée de l'ostentation avec laquelle M. Hume étale les prodigieux efforts qu'il a inutilement faits pour ſervir Jean-Jacques juſqu'au moment où il engagea M. le Général Conway à demander pour lui une penſion au Roi : (ſuccès que le caractère de ce Miniſtre a dû rendre bien facile) ; & qu'auſſitôt que le ſentiment fait place à la réflexion, on ſe demande à quoi ſervent donc, en Angleterre, le crédit, la réputation, la fortune même, puiſque tout cela joint, chez M. Hume, à la plus forte paſſion d'obliger Jean-Jacques, n'a rien produit pour celui ci, & n'a valu à M. Hume même, que le prétexte de prendre un titre dont ſa vanité s'alimente.

Vous auriez dit, Monſieur, que le choix des articles de la Lettre de Jean-Jacques auxquels M. Hume répond, eſt un argument victorieux en faveur de Jean-Jacques. De plus ; que les affirmations de Jean-Jacques ne méritent en elles-mêmes pas moins de confiance, que les négations de M. Hume, & qu'elles en méritent davantage, en ce que c'eſt vis-à-vis de M. Hume, que Jean-Jacques affirme, & que c'eſt vis-à-vis du public que M. Hume nie.

Vous auriez ajoûté, Monſieur, à ce que vous dites ſur la façon dont ſe termine la fameuſe Lettre du 10 Juillet, qu'il faut que la crainte de faire une injuſtice ait un empire bien abſolu ſur l'ame de Jean-Jacques, pour qu'il lui reſtât encore *des doutes de la trahiſon de M. Hume.* En effet, lorſque queſtionné par M. Hume ſur le compte de

M. D.... Jean-Jacques lui dit que ce ſavant étoit un homme *adroit & ruſé*, M. Hume *le contredit*, & fit bien, *avec une chaleur dont il s'étonna, parce qu'il ne ſavoit pas alors qu'ils fuſſent ſi bien enſemble.* Leur intelligence s'eſt découverte, Jean-Jacques a donc la preuve que M. Hume ſait défendre ſes amis fort bien. Sans parler des inexplicables infidélités dont Jean-Jacques ſe plaint relativement à ſes correſpondances; de l'air de protection que M. Hume prend avec lui; du peu d'égards qu'il lui marque, dans un moment où il lui en devoit tant, *puiſqu'il lui rendoit de bons offices en matière d'intérêt*; & qu'il étoit naturel que ſes Compatriotes montaſſent leur ton ſur le ſien; il ſouffre que les gens de

Lettres ſur qui il a une influence dont il ſeroit bien fâché qu'on doutât, déchirent Jean-Jacques dans les papiers publics ; il ne prend point à injure les outrages qu'on lui fait ; on calomnie Jean-Jacques, M. Hume *ne contredit perſonne* ; il reſte étroitement uni avec tous les ennemis de ſon ami ; cependant, il s'employe ouvertement pour lui, le produit, le flatte, le careſſe...... J'ai bien pû préparer la concluſion ; mais, je ne ſaurois la prononcer : elle eſt trop dure.

Vous auriez dit, Monſieur, que les gens qui cenſurent aigrement quelques épithétes choquantes, que Jean-Jacques s'eſt permiſes dans ſa Lettre du 10 Juillet, préoccupés de ce que cette Lettre ſe trouve dans les mains de tout le monde, ne font pas attention qu'elle n'étoit pas faite pour y passer ; que ce n'est point Jean-Jacques qui l'a rendu publique ; qu'il ne pouvoit pas croire, ne regardant M. Hume seulement que comme un homme sensé, qu'elle le devînt jamais ; & qu'il est fort différent de se plaindre à un homme des sujets de mécontentement qu'on a reçus de lui & de ses amis, ou de mettre l'univers dans la confidence de sa façon de penser sur le compte de cet homme & de ceux qui tiennent à lui ; & qu'ainsi Jean-Jacques a pû dire tout ce qu'il a dit à M. Hume, sans déroger à l'horreur qu'il a toujours eue pour les personnalités.

Vous auriez dit, Monsieur,

que c'eſt M. Hume, en divulguant le ſoupçon de Jean-Jacques, & non pas Jean-Jacques, en le lui communiquant, qui force M. D.... à paroitre lié avec les éditeurs de M. Hume. Déſagrément qui doit être bien ſenſible à un homme auſſi ſcrupuleuſement délicat, droit & honnête que M. D.... Quelles gens ce ſont, Monſieur, que ces éditeurs ! Le Ciel nous préſerve qu'ils s'aviſent de ſe faire Auteurs.

Enfin, Monſieur, vous auriez dit, que la ſeule choſe répréhenſible dans la Lettre de Jean-Jacques, eſt la confiance avec laquelle il avance que M. de Voltaire lui a écrit une Lettre *dont le noble objet eſt de lui attirer le mépris & la haine de ceux chez qui il s'est réfugié.* Je ne conçois pas comment Jean-Jacques a pû attribuer à M. de Voltaire cet infâme libelle intitulé : *Le Docteur Jean-Jacques Pansophe, ou Lettre de M. de Voltaire* ; & j'avoue que j'aurois peine à lui pardonner cette méprise, s'il ne l'avoit faite dans un tems où l'oppression de son cœur devoit gêner la liberté de son esprit. Quoi ! parce que M. de Voltaire fait quelquefois des méchancetés, en faut-il inférer qu'il fasse toutes celles que des méchans subalternes donnent pour être de lui ? Ce genre est si facile, & la prose de M. de Voltaire est si aisée à imiter ! Cette opinion est injuste : elle est même dangereuse : car elle peut encourager les Auteurs encore plus vils qu'obscurs, qui ſe plaiſent à dégrader aux yeux du public, deux hommes fameux, l'un par ſon eſprit & ſes proſpérités, l'autre par ſon génie & ſes malheurs, qui partagent, quoiqu'inégalement, ſes ſuffrages. Pour moi, je penſe avoir de très-bonnes raiſons pour croire que M. de Voltaire n'eſt point l'Auteur de la Lettre intitulée : *Le Docteur Jean Jacques Panſophe.*

1°. Elle a paru ſous ſon nom.

2°. On y reléve de prétendues contradictions de Jean-Jacques. M. de Voltaire relever des contradictions ! Ah ! Monſieur, peut-on le croire, ſans s'écarer de l'opinion, ſans doute appuyée ſur des faits, qu'on a généralement de ſa prudence ?

3°. On y accuſe Jean-Jacques des vices les plus atroces ; & on l'en plaiſante, comme on pourroit plaiſanter M. de Voltaire d'une erreur d'hiſtoire, de Chronologie, de Géographie, &c., &c. En pareil cas le ton léger n'eſt pas celui de l'amour de la vertu : & M. de Voltaire veut qu'on croye qu'il aime la vertu.

4°. Cette Lettre contient quelques platitudes & des écarts d'imagination que M. de Voltaire pourroit ſe permettre au milieu de ſes protégés ; mais qu'il ſe garderoit bien de donner ſous ſon nom au public : car puiſque M. de Voltaire écrit encore, il veut encore être admiré.

5°. On a inſéré dans cette Lettre quelques phraſes qui ſe trouvent dans les ouvrages de de Jean Jacques ; & que tout le monde reconnoît à force de les avoir lus. Mais elles font fi bêtement, ou fi indignement défigurées, qu'elles ne peuvent avoir été mifes dans cet état que par quelqu'un dont la tête eft aliénée, ou dont le cœur eft corrompu. En vérité, cela reffemble bien à M. de Voltaire, lui dont la jufteffe de l'efprit & la droiture de l'ame font les attributs diftinctifs ! Et puis, fi M. de Voltaire pouvoit être foupçonné d'animofité contre Jean-Jacques, le moyen d'imaginer qu'il fût affez gauche pour prouver, en altérant ceux de fes paffages qu'il cite, qu'il eft lui-même convaincu qu'on ne peut nuire à cet Auteur, en le citant fidèlement ? Ah !

Jean-Jacques, pour avoir tant étudié les hommes, vous connoiſſez bien peu l'homme dont il eſt queſtion.

6°. Je ſais bien que M. de Voltaire, dont la grande ame ne s'occupe que de l'intérêt général, s'embarraſſe peu de faire pleurer celui à qui il parle, pourvu qu'il faſſe rire ceux qui l'écoutent. Mais quand il veut faire rire aux dépens de quelqu'un, il s'attache à en ſaiſir les ridicules, plutôt qu'à lui en ſuppoſer: ſon ironie eſt fine, & ſes tournures ingénieuſes. Or tout le perſifflage de la Lettre dont il s'agit porte à faux; & n'a ni ſel, ni variété.

7°. Enfin l'Auteur de cette Lettre dit à Jean-Jacques, que *ſes livres ne méritoient pas de faire tant de ſcandale & tant de bruit.* C'eſt comme s'il diſoit que les Puiſſances Eccléſiaſtiques & Séculieres, qui ſe ſont allarmées des *livres* de Jean-Jacques, n'ont pas le ſens commun ; que le public, ſur qui les *livres* de Jean-Jacques on fait tant de ſenſation, n'a pas le ſens commun ; que le Roi de Pruſſe, qui ne connoit Jean-Jacques que par ſes *livres*, & qui l'a ouvertement honoré de la plus ſpéciale protection, non-ſeulement à titre d'infortuné, mais à titre d'homme de mérite, n'a pas le ſens commun. Eh ! Monſieur, ſans compter ce que M. de Voltaire doit de reconnoiſſance aux Puiſſances Eccléſiaſtiques, & Séculières, au Public & au Roi de

Prusse ; comment M. de Voltaire, qui a tant de jugement, auroit-il fait une telle bévue?

Ces raisons me suffisent pour croire que M. de Voltaire n'a point fait *le Docteur Jean-Jacques Pansophe*, ni même la Lettre (adressée à M. Hume) qui le précède dans une brochure qui vient de paroître, malgré le désaveu que cette Lettre contient. Un désaveu! C'est pourtant bien là le cachet de M. de Voltaire...... N'importe ; ces Lettres ne sont pas de lui ; elles n'en peuvent pas être. Sans doute elles viennent de la même source qu'un autre libelle intitulé *Confession de M. de Voltaire*, qui parut il y a quelques années, aussi sous son nom. Vous ne la connoissez peut-être pas, Monsieur, cette *Confession*.

C'est une Pièce de vers, mal faite, & de mauvais goût, mais pleine de choses si fortes, que M. de Voltaire ne pourroit les avouer, quand elles seroient vraies, (ce qu'il faut bien se garder de croire,) qu'aux pieds d'un Capucin, dans quelque violent accès de Colique, qui rendroit sa profession de foi plus étendue que celle qu'on lui fait faire dans *le Docteur Jean-Jacques Pansophe*.

En vérité, Monsieur, il est bien malheureux que les Loix ne sévissent pas contre ces Monstres de méchanceté & de bassesse, qui, à la faveur des noms les plus imposans, exhalent le poison qui surabonde dans leur ame. La société du moins, aussitôt qu'elle les connoit, devroit en faire justice, en les écraſant de tout le poids de ſon mépris. Car à mon avis, qui n'eſt honnête homme qu'aux termes de la Loi, ne peut prétendre qu'au reſpect du bourreau.

Si je n'étois pas femme, je prendrois pour moi-même le conſeil, que j'ai oſé vous donner, Monſieur ; je me nommerois. Mais ce ſeroit me faire trop remarquer, que de me déclarer hautement pour un homme qui, dit-on, outrage mon ſexe. Quoique je ne veuille point choquer ce ſentiment, je ſuis bien éloignée de l'adopter ; je penſe au contraire qu'il n'y a point d'Auteur qui nous traite auſſi favorablement que Jean-Jacques, puiſqu'en exigeant de nous une plus grande perfection, il prouve qu'il nous en croit susceptibles; & je trouve qu'il nous rend exactement justice, en disant de nous beaucoup de bien, & un peu de mal.

FIN.

www.ingramcontent.com/pod-product-compliance
Ingram Content Group UK Ltd.
Pitfield, Milton Keynes, MK11 3LW, UK
UKHW020459230726
13925UKWH00005B/2036

9 782013 681858